Pif

Pouf

Youpi

© 1989, Hachette pour le texte et les illustrations.
© 2013, Hachette Livre pour la présente édition.

Édité par Hachette Livre
43, quai de Grenelle – 75905 Paris Cedex 15

Pierre Probst

Caroline
et ses amis
font du cheval

hachette
JEUNESSE

Que la montagne est belle, en été !
 Caroline et ses petits amis vont en profiter pour faire du cheval.
Ils iront jusqu'en haut des verts pâturages, jusqu'aux nuages !

Caroline et ses amis
font du cheval

hachette
JEUNESSE

« Je serai le premier tout là-haut !
affirme Pouf. Je suis un grand jockey !

– Tu sais, Pouf, dit Caroline en riant, en montagne, on ne fait pas de courses de chevaux !
– Tant pis ! Je serai quand même premier ! » insiste Pouf

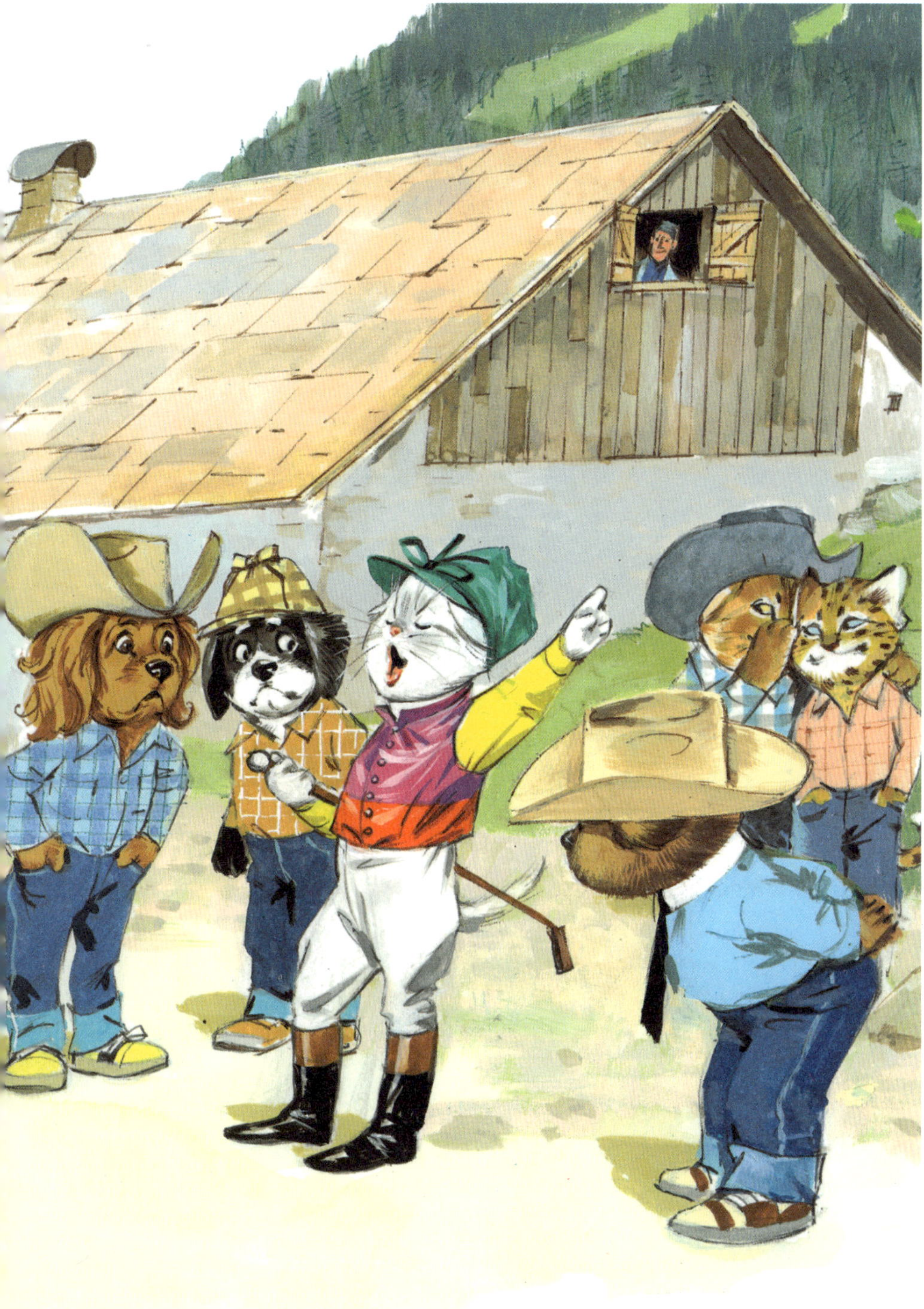

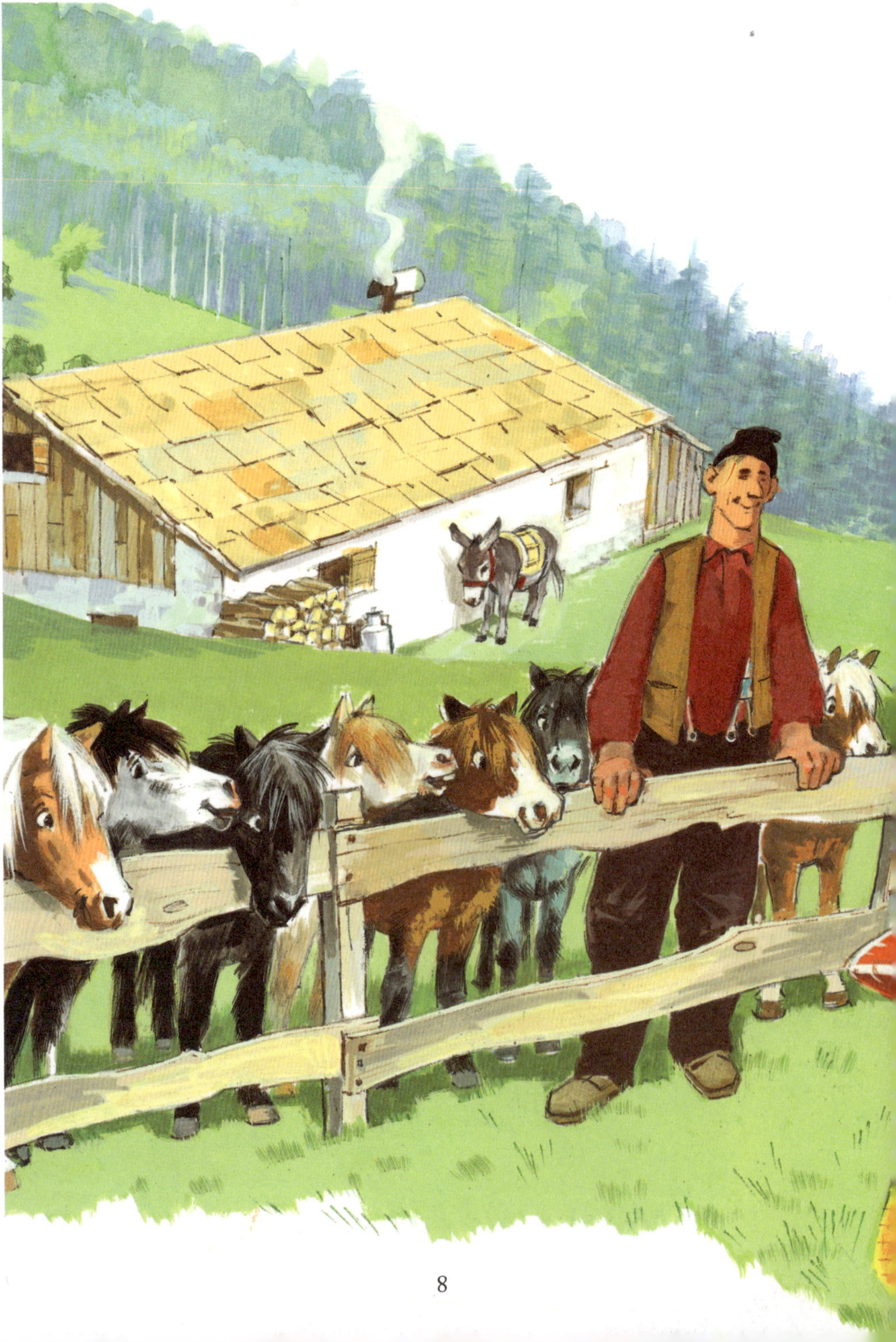

Pourra-t-il gagner ? Rien n'est moins sûr, car le fermier n'a… que huit poneys à louer ! Caroline ayant déjà choisi le sien, il reste…

« Sept montures pour huit cavaliers ! déduit Youpi. L'un de nous devra marcher !

– Mais non ! s'exclame le fermier. Il prendra Fernand, le petit âne. »

Tout le monde fait la grimace : personne n'a envie de monter un âne, Pouf encore moins que les autres !

« Pour régler ce problème, tirez à la courte-paille ! » propose Caroline.

Aussitôt dit…

… aussitôt fait !

« J'ai la courte-paille ! grogne Pouf. Ce n'est pas juste ! Avez-vous déjà vu un jockey monter un âne bâté ? »

Derrière le petit mécontent, quel spectacle ! On monte en selle tant bien que mal et on grimace de frayeur...

« Faites un effort pour vous tenir correctement, vous n'êtes pas au cirque ! » crie Caroline.

Assis près de Fernand, Pouf rumine de sombres pensées. Enfin, il se décide :

« Bon, puisque je dois monter cet âne, autant qu'il me fasse honneur. Il a les dents jaunes à faire horreur et un poil poussiéreux à faire peur. »

Le petit jockey se met au travail. Il brosse les dents de Fernand, lustre son poil, astique son harnachement, et termine en cirant ses sabots !

Voilà un petit âne bien plus joli qu'avant !

En route pour la randonnée ! À la queue leu leu, les cavaliers entrent dans la forêt. Fernand, qui parcourt ce chemin tous les jours, connaît tous les écureuils du coin et s'arrête pour les saluer.

« Si tu bavardes avec chacun, nous perdrons mes amis de vue, proteste Pouf. J'ai dit que je serais le premier, alors avance, et vite ! »

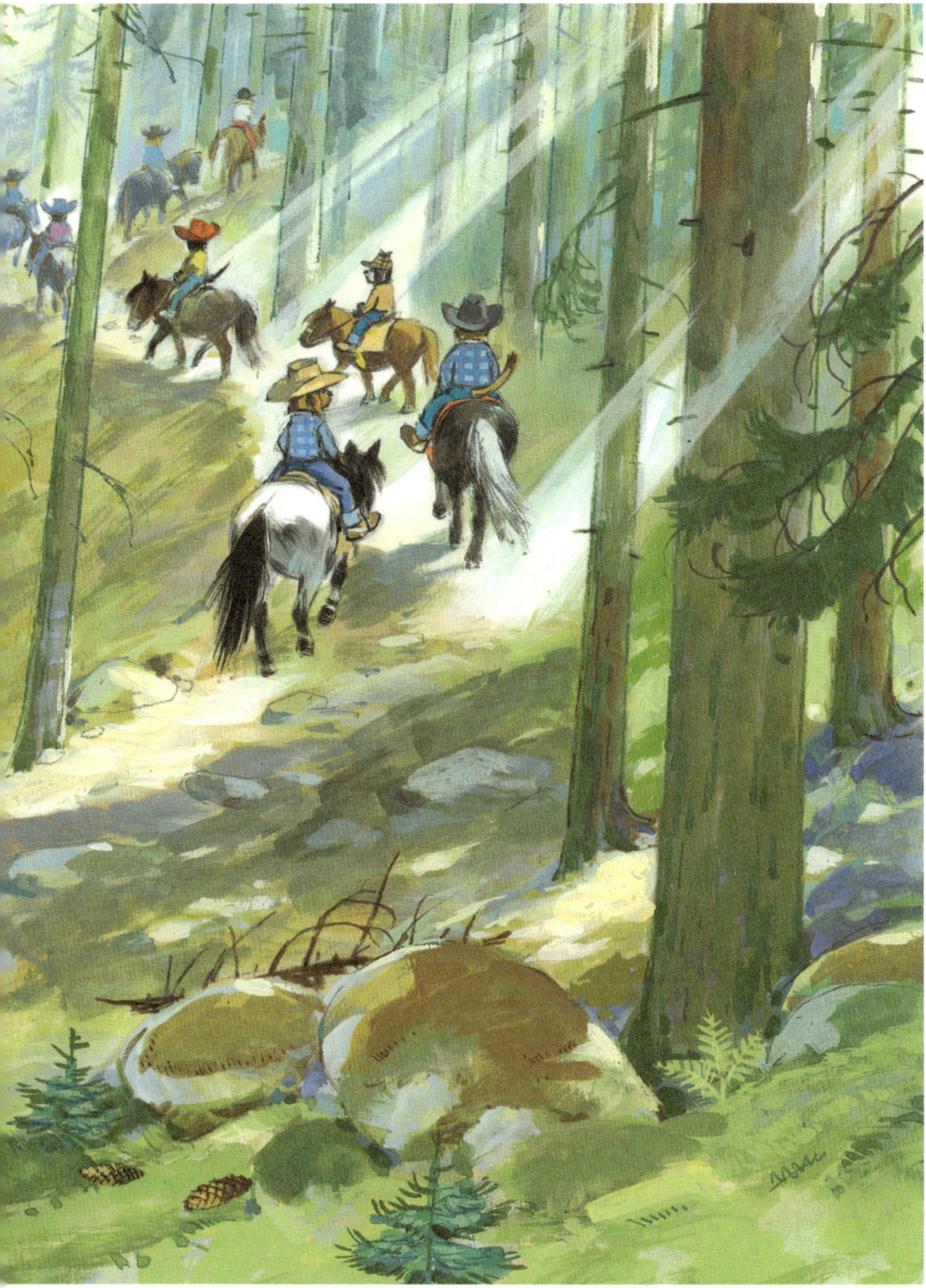

Hop, Fernand part au galop… mais pas dans la direction prévue ! Sous les basses branches d'un sapin, il se délecte de ses pousses tendres et oublie le chaton blanc…

Pauvre Pouf ! S'il lâche prise, il tombera sur le derrière !

« Attends-moi, Caroline ! hurle-t-il. Cet âne n'en fait qu'à sa tête ! »

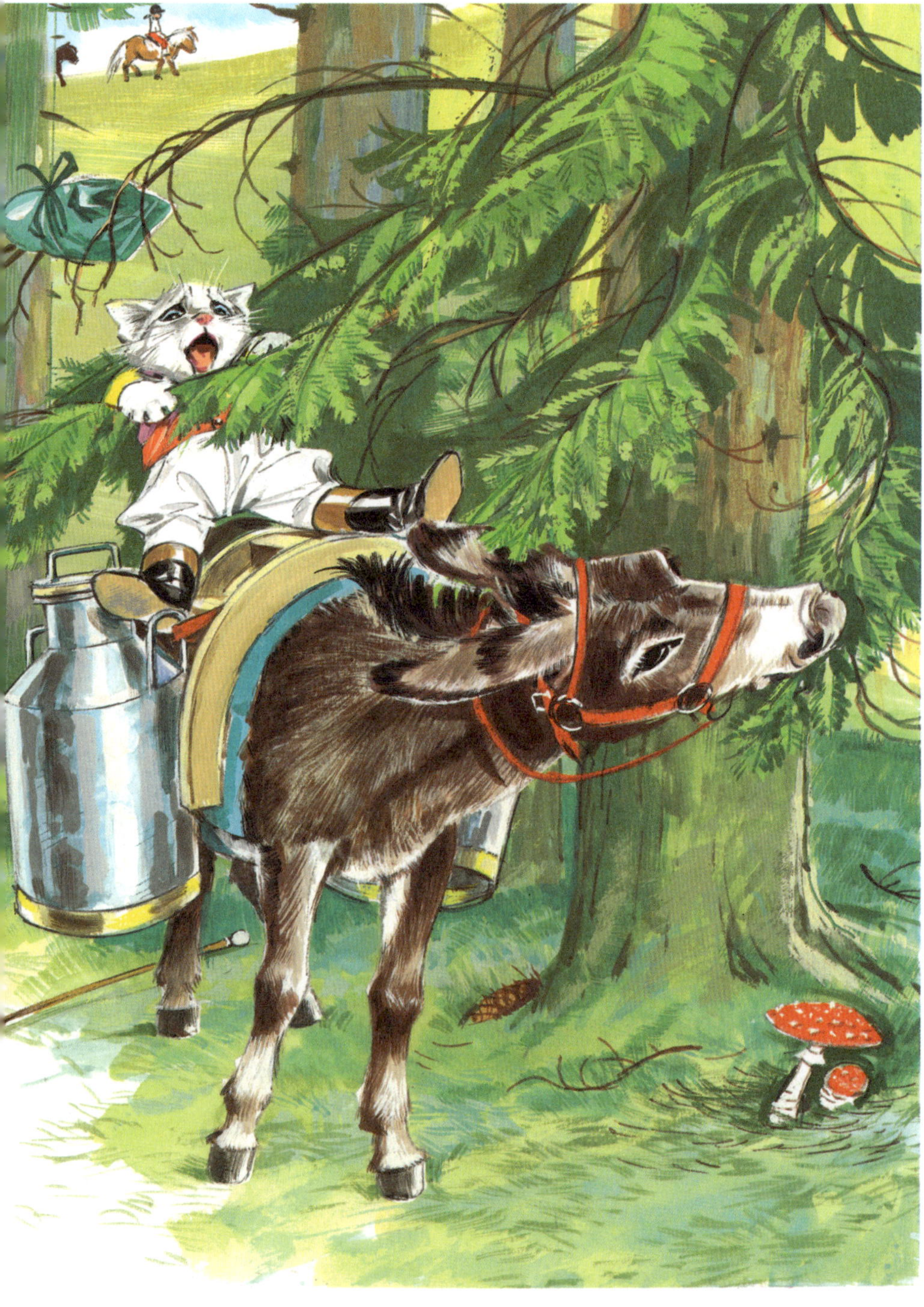

Mais Caroline n'entend pas les appels de Pouf. En sortant de la forêt avec ses amis, elle aperçoit un petit berger qui garde son troupeau de moutons.

« Bonjour ! lui crie-t-elle. Sommes-nous loin du sommet ?

– Encore une petite heure de route, répond-il, et vous atteindrez le refuge où vous attend Valentin, le fils du fermier.
– Mais où sont passés Pouf et Fernand ? s'inquiète Noiraud.
– Ils vont bientôt nous rattraper ! » le rassure Bobi.

Ce n'est pas certain, car Fernand est vraiment un âne coquin ! À présent, il trouve très amusant de se glisser dans le troupeau ! Une fois de plus, le pauvre Pouf est dans une situation délicate.

« J'en ai assez de ce Fernand ! Cet âne est insupportable ! crie-t-il en s'élançant sur le dos des moutons. Une chèvre aurait mille fois mieux fait mon affaire ! »

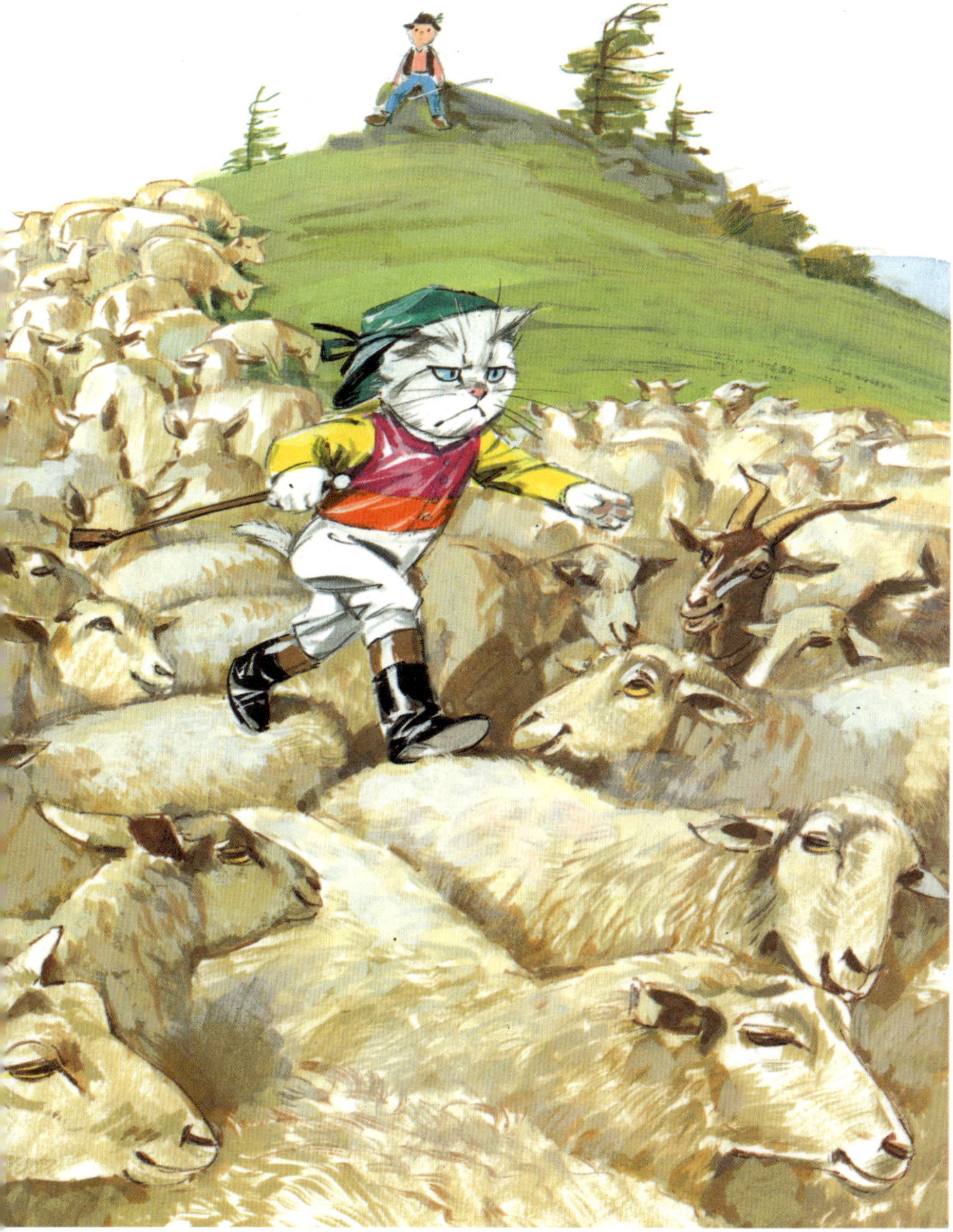

Pendant que Pouf rouspète, Caroline et ses amis arrivent enfin au refuge. Comme Valentin est gentil !

Pour les remettre des fatigues du voyage, il leur offre du bon lait frais et un délicieux fromage. Et il n'oublie pas les poneys.

Cependant, Caroline s'inquiète : Pouf et Fernand ne sont toujours pas en vue.

« Rassurez-vous, dit Valentin. Fernand connaît très bien la région. Mais je vous conseille de ne pas trop vous attarder : regardez, déjà le brouillard tombe sur la montagne… »

Les cavaliers prennent le chemin du retour.
Brrr… Le brouillard envahit la forêt. Personne n'est vraiment rassuré ! Et tout à coup… Ding ! Ding ! Kid entend derrière lui le son d'une clochette. Il se retourne et…
« Au secours ! Le fantôme de la montagne nous poursuit ! Fuyons ! » hurle-t-il.

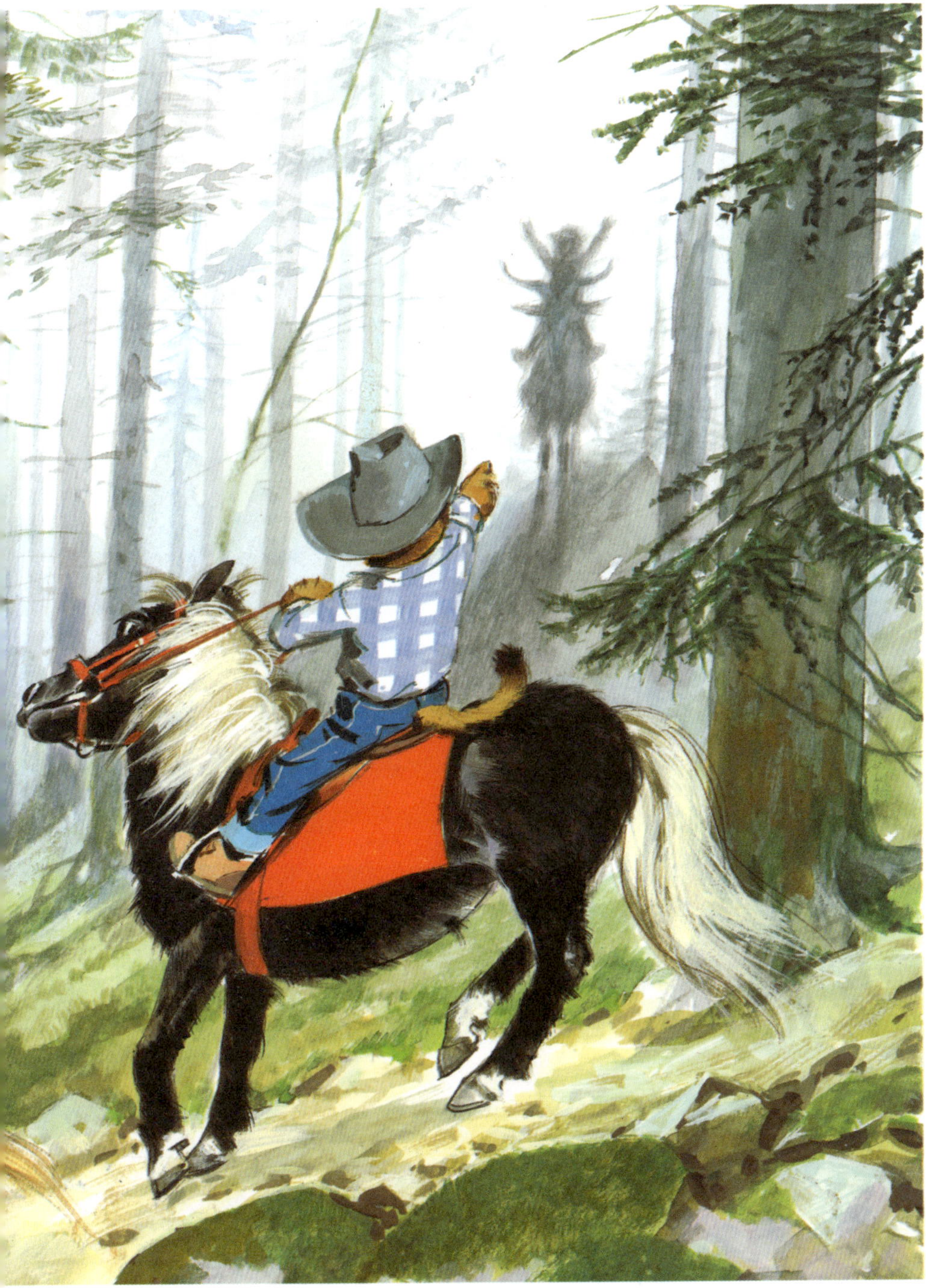

Ah, quelle fuite ! Ah, quelle panique ! Sûrs que l'abominable fantôme va les attraper pour les manger, les cavaliers réalisent des prouesses insensées !

« Plus vite ! crie Caroline. Courons à la ferme ! Là-bas, le fantôme n'osera pas nous approcher ! »

Dès leur arrivée, tous mettent pied à terre.

« Le voici, c'est lui... » murmure Bobi, mort de peur.

27

Caroline, elle, éclate de rire. Car le « fantôme » n'est autre que Pouf, monté sur… la chèvre Églantine, bien plus docile que Fernand !

Celui-ci apparaît à son tour, mené par Valentin ; il porte sagement ses bidons de lait. Tout est bien qui finit bien !

« Cet après-midi, j'ai acheté un neuvième poney ! » annonce alors en riant le fermier.

Pas très content de sa première randonnée, Pouf retrouve le sourire. Vivement demain !!!

29

Le labyrinthe de Fernand

1
2
3
4

L'âne Fernand est très coquin. Mais comme il a trop traîné en chemin, Pouf et lui se sont perdus. Aide-les à rejoindre Caroline !

Solution : Le bon chemin est le n° 4.

Boum

Noiraud

Kid   Pipo